EXTRAIT

DU RECUEIL

DES CANTIQUES

EN USAGE

DANS LE DIOCÈSE DE DIGNE,

POUR LES MISSIONS ET LE JUBILÉ.

DIGNE,

REPOS, ÉDITEUR, IMPRIMEUR-LIBRAIRE.

—

1847.

Vu et permis d'imprimer.

Digne, le 5 février 1847.

MEIRIEU, Vic. gén.

EXTRAIT

DU RECUEIL

DES CANTIQUES,

EN USAGE

DANS LE DIOCÉSE DE DIGNE.

—————◆—————

PREMIÈRE PARTIE.

—————◆—————

CANTIQUES PRÉPARATOIRES.

—————

**I. Pour l'Ouverture d'une Mission
ou d'un Jubilé.**

Un Dieu vient se faire entendre,
Cher peuple, quelle faveur !
A sa voix il faut vous rendre :
Il demande votre cœur.

Refrain. Accourez, peuple fidèle,
Venez à la Mission :
Le Seigneur qui vous appelle,
Veut votre conversion.

Pour un Jubilé :
Accourez, peuple fidèle,
Voici les jours du Seigneur,
Quand sa bonté vousappelle,
Ne fermez pas votre cœur.

Dans l'état le plus horrible
Le péché vous a réduits.
Mais à vos malheurs sensible,
Dieu vers vous nous a conduits.
 Accourez, etc.

Sur vous il fera reluire
Une céleste clarté ;
Dans vos cœurs il va produire
Le feu de la charité.
 Accourez, etc.

Trop long-temps, hélas ! le crime
A pour vous eu des attraits :
Qu'un saint désir vous anime
A le bannir pour jamais.
 Accourez, etc.

Loin de vous toute injustice,
Loin la haine et les fureurs :
Que rien d'impur ne ternisse,
Ni vos esprits ni vos cœurs.
 Accourez, etc.

Évitez l'intempérance
Et tout plaisir criminel ;
Que chacun enfin ne pense
Qu'à son salut éternel.
 Accourez, etc.

Sans tarder, changez de vie,
Sur vos maux, pleurez, pécheurs ;
C'est Dieu qui vous y convie,
N'endurcissez point vos cœurs.
 Accourez, etc.

2. Avantages de la Retraite.

Plaisirs inouis,
Paix la plus parfaite,
Ce sont là tes fruits,
Charmante retraite.
Monde, je romps tes liens,
Pour goûter de si grands biens.

C'est dans ce saint lieu,
Que le Ciel m'appelle;
Pour plaire à mon Dieu,
J'y cours avec zèle;
C'est là que mon Rédempteur
Veut s'assurer de mon cœur.

Quel ardent amour
Vous fîtes paraître,
Pour ce beau séjour,
Saint et divin Maître;
Le désert fit vos plaisirs,
Et remplit tous vos désirs.

Tous les bienheureux
L'ont aimé de même.
J'en ferai comme eux,
Mon bonheur suprême.
Si l'on veut ne plus pécher,
Comme eux il faut se cacher.

Mes besoins, mes maux
Me disent sans cesse :
Va dans le repos
Chercher la sagesse.
C'est dans le recueillement
Qu'on la trouve sûrement.

Précieux séjour,
Aimable retraite;
Ici, chaque jour,
Sans être distraite,
Mon âme, dans son Sauveur,
Trouvera tout son bonheur.

De mon Créateur,
J'y vois la puissance,
De mon Rédempteur
L'insigne clémence,
Et de mon Juge irrité,
La sévère autorité.

Mes crimes nombreux
S'offrent à ma vue,
Ah! qu'ils sont affreux!
J'en ai l'âme émue :
Je ne vois que châtiment,
Si je ne change à l'instant.

D'un pervers qui meurt
L'image effrayante,
D'un juge vengeur
La voix foudroyante
Troublent mon cœur tour-à tour,
Et m'alarment nuit et jour.

L'enfer, à mes yeux,
Sous mes pieds s'entr'ouvre;
Mille maux affreux
La foi m'y découvre!
Ah! trop tard j'ai médité
La terrible éternité.

Je frémis des coups,
D'un Dieu redoutable;

Mais, Ciel ! qu'il est doux,
Qu'il se rend aimable,
Quand par un vrai repentir ! .
On veut à lui revenir.

Touché de mes pleurs,
Père, il me pardonne ;
De mille faveurs,
Sa main me couronne ;
Quelle ineffable bonté !
Ah ! j'en suis tout transporté.

Heureux les Chrétiens,
Qui, dans la retraite,
Font de tous ces biens,
L'entière conquête ;
Qui par un prompt changement
Se font un sort si charmant.

Pour bien profiter
De cet exercice,
Il faut s'écarter
Du monde et du vice,
Et sonder avec rigueur
Tous les replis de son cœur.

Prier fréquemment,
Garder le silence,
Voilà sûrement
L'unique science,
Pour cueillir dans ce saint temps
Les fruits les plus abondants.

Apprenons donc tous,
Chrétiens, à nous taire,
Tandis que dans nous,
L'Esprit-Saint opère :

Taisons-nous pour écouter
Un Dieu qui veut nous parler.

Venez tous, pécheurs,
Venez aux retraites,
Goûter des douceurs
Pures et parfaites.
Venez laver dans vos pleurs,
De vos crimes les horreurs.

3. Invocation aa Saint-Esprit.

O Saint-Esprit! donnez-nous vos lumières;
Venez en nous pour nous embraser tous,
Nous inspirer, diriger nos prières ;
Nous ne pouvons faire aucun bien sans
[vous.]

Priez pour nous, sainte Vierge Marie,
Obtenez-nous grâce auprès du Sauveur,
Pour écouter ses paroles de vie,
Et les garder, comme vous, dans nos
[cœurs.]

4. Même sujet.

Je viens à vous, Seigneur, instruisez-moi;
L'homme sans vous ne peut rien nous
apprendre,
Vous seul pouvez enseigner votre loi,
Vous seul aux cœurs,   *(bis.)*
Pouvez la faire entendre.

Embrasez donc d'une céleste ardeur
Celui qui vient annoncer l'évangile;

Et donnez-nous, à nous-mêmes, Seigneur,
Pour l'écouter,   *(bis.)*
Un cœur humble et docile.

Mère de Dieu, refuge des pécheurs,
Priez Jésus, le Sauveur de nos âmes :
Qu'à sa parole il soumette nos cœurs,
Pour les remplir,   *(bis.)*
De ses divines flammes.

❦

5. Même sujet.

Esprit-Saint, descendez en nous ;
Embrasez notre cœur de vos feux les plus
    doux.

Sans vous notre vaine prudence
    Ne peut, hélas ! que s'égarer ;
Ah ! dissipez notre ignorance,
    Esprit d'intelligence,
    Venez nous éclairer.

Le noir enfer, pour nous livrer la guerre,
Se réunit au monde séducteur ;
Tout est pour nous embûches sur la terre,
    Soyez, soyez notre libérateur.

Enseignez-nous la divine sagesse ;
Seule elle peut nous conduire au bonheur ;
Dans ces sentiers qu'heureuse est la jeu-
    Qu'heureuse est la viellesse ! [nesse !]

❦

6. Même sujet.

Chœur. Esprit-Saint, comblez nos vœux,
    Embrasez nos âmes,
    Des plus vives flammes,

Esprit-Saint, comblez nos vœux,
Embrasez nos âmes,
De vos plus doux feux.

Chant. Seul auteur de tous les dons,
De vous seul nous attendons
Tout notre secours,
Dans ces saints jours.

Sans vous en vain du don des cieux,
Les rayons précieux
Brillent à nos yeux;
Sans vous notre cœur
N'est que froideur.

Voyez notre aveuglement,
Nos maux, notre égarement,
Rendez-nous à vous
Et changez-nous.

Sur nos esprits, Dieu de bonté,
Répandez la clarté
Et la vérité;
Préparez nos cœurs
A vos faveurs.

Donnez-nous ces purs désirs,
Ces pleurs saints, ces vrais soupirs :
Qui des grands pécheurs,
Changent les cœurs.

Donnez-nous la docilité,
Le don de pureté
Et de piété,
L'esprit de candeur
Et de douleur.

DEUXIÈME PARTIE.

7. Sur le Salut, les Vanités du monde et les Fins dernières.

Nous n'avons à faire
Que notre salut ;
C'est là notre but,
C'est là notre unique affaire ;
Nous serons heureux,
En cherchant les cieux.

Notre âme immortelle
Est faite pour Dieu.
La terre est trop peu ;
Que d'autres vivent pour elle.
Pour nous, plus heureux,
Nous cherchons les cieux.

Perte universelle !
Perdre son Sauveur,
Perdre son bonheur,
Perdre la vie éternelle !
Nous serons heureux,
En cherchant les cieux.

Prends pour toi la terre,
Avare indigent ;
Pour l'or et l'argent,
Entreprends procès et guerre :
Pour nous, plus heureux,
Nous cherchons les cieux.

Esclave du crime,
Poursuis tes désirs;
Bientôt tes plaisirs
T'entraîneront dans l'abîme.
Pour nous, plus heureux,
Nous cherchons les cieux.

Nous cherchons la grâce,
C'est le seul vrai bien ;
Le reste n'est rien,
Ce n'est qu'une ombre qui passe.
Afin d'être heureux,
Nous cherchons les cieux.

Notre savoir-faire
Est tout dans la croix;
Si nous sommes rois,
Ce n'est que sur le Calvaire :
L'objet de nos vœux
C'est d'aller aux cieux.

Point d'autre sagesse
Que l'humilité ;
Notre pauvreté
Fait toute notre richesse ;
L'objet de nos vœux
C'est d'aller aux cieux.

Nous cherchons la vie,
La gloire et la paix
Qui dure à jamais :
En avez-vous quelque envie
Venez, suivez-nous,
Et nous l'aurons tous.

8. Vanité des choses de la terre.

Tout n'est que vanité,
  Mensonge, fragilité,
Dans tous ces objets divers
Qu'offre à nos regards l'univers :
Tous ces brillants dehors,
    Cette pompe,
Ces biens, ces trésors,
    Tout nous trompe,
    Tout nous éblouit ;
Mais tout nous échappe et s'enfuit.

  Telles qu'on voit les fleurs
Avec leurs vives couleurs
Eclore, s'épanouir,
Se faner, tomber et périr ;
  Tel est des vains attraits
    Le partage.
  L'éclat et les traits
    Du bel âge,
  Après quelques jours,
Perdent leur beauté pour toujours.

  En vain, pour être heureux,
Le jeune voluptueux
Se plonge dans les douceurs
Qu'offrent les mondains séducteurs :
  Plus il suit les plaisirs
    Qui l'enchantent,
  Et moins ses désirs
    Se contentent ;
  Le bonheur le fuit :
A mesure qu'il le poursuit.

Que doivent devenir
Pour l'homme qui doit mourir,
Ces biens long-temps amassés;
Cet argent, cet or entassés !
Fût-il du genre humain
Seul le maître.
Pour lui tout enfin
Cesse d'être;
Au jour de son deuil,
Il n'a plus à lui qu'un cercueil.

Que sont-ils devenus
Ces grands, ces guerriers connus?
Ces hommes dont les exploits
Ont soumis la terre à leurs lois?
Les traits éblouissants
De leur gloire,
Leurs noms florissants,
Leur mémoire,
Avec les héros
Sont entrés au sein des tombeaux.

Au savant orgueilleux
Que sert un génie heureux,
Un nom devenu fameux
Par mille travaux glorieux?
Non, les plus beaux talents,
L'éloquence,
Les succès brillants,
La science,
Ne servent de rien
A qui ne sait vivre en chrétien.

La mort, dans son courroux,
Dispense à son gré ses coups,
N'épargne ni le haut rang,
Ni l'éclat auguste du sang.
Tout doit un jour mourir,
Tout succombe;
Tout doit s'engloutir
Dans la tombe;
Les sujets, les rois,
Iront s'y confondre à la fois.

Oui, la mort, à son choix,
Soumet tout âge à ses lois :
Et l'homme ne fut jamais
A l'abri d'un seul de ses traits;
Comme sur son retour
La vieillesse,
Dans son plus beau jour
La jeunesse,
L'enfance au berceau,
Trouvent tour à tour leur tombeau.

Oh! combien malheureux
Est l'homme présomptueux
Qui, dans ce monde trompeur,
Croit pouvoir trouver son bonheur ?
Dieu seul est immortel,
Immuable,
Seul grand, éternel,
Seul aimable;
Avec son secours ;
Soyons à lui seul pour toujours.

9. Sur la Mort.

A la mort, à la mort,
Pécheur, tout finira ;
Le Seigneur, à la mort,
    Te jugera.

Il faut mourir, il faut mourir;
De ce monde il nous faut sortir ;
Le triste arrêt en est porté ;
Il faut qu'il soit exécuté.
    A la mort, etc.

Comme une fleur qui se flétrit,
Ainsi bientôt l'homme périt ;
L'affreuse mort vient de ses jours,
Dans peu de temps, finir le cours.
    A la mort, etc.

Pécheurs, approchez du cercueil ;
Venez confondre votre orgueil ;
Là, tout ce qu'on estime tant
Est enfin réduit au néant.
    A la mort, etc.

Filles, pleines de vanité ;
Que deviendra votre beauté ?
Vos traits, sans forme et sans couleur
Vous rendront un objet d'horreur.
    A la mort, etc.

O vous qui suivez vos désirs,
Qui vous plongez dans les plaisirs,
Pour vous, quel affreux changement
La mort va faire en ce moment !
    A la mort, etc.

Plus de plaisir, plus de douceurs,
Plus de pouvoir, plus de grandeurs;
Ces biens dont vous êtes jaloux
Vont tout à coup périr pour vous.
    A la mort, etc.

Adieu, famille, adieu, parents,
Adieu, chers amis, chers enfants;
Votre cœur se désolera;
Mais enfin tout vous quittera.
    A la mort, etc.

Ce moment doit bientôt venir,
Mais on en fuit le souvenir;
Et l'homme, sans réflexion,
Vit ainsi dans l'illusion.
    A la mort, etc.

S'il fallait subir votre arrêt,
Chrétiens, qui de vous serait prêt?
Combien dont le funeste sort
Serait une éternelle mort!
    A la mort, etc.

10. Sur le Jugement Dernier.

Dieu va déployer sa puissance;
Le temps comme un songe s'enfuit.
Les siècles sont passés, l'éternité com-
    mence,
Le monde va rentrer dans l'horreur de la
    Dieu, etc.   [nuit.]

J'entends la trompette effrayante;
    Quel bruit! quels lugubres éclairs!
Le Seigneur a lancé la foudre étincelante,
Et ses feux dévorants embrasent l'uni-
    J'entends, etc.   [vers.]

Les monts foudroyés se renversent,
Les êtres sont tous confondus :
La mer ouvre son sein, les ondes se dis-
        persent,
Tout est dans le chaos, et la terre n'est
      Les monts, etc.   [plus.]

Sortez des tombeaux, ô poussière !
Dépouille des pâles humains :
Le Seigneur vous appelle, il vous rend la
      lumière ;
Il va sonder les cœurs, et fixer vos des-
      Sortez, etc.   [tins.]

Il vient : tout est dans le silence ;
Sa croix porte au loin la terreur ;
Le pécheur consterné frémit à sa pré-
      sence,
Et le juste lui-même est saisi de frayeur.
      Il vient, etc.

Assis sur un trône de gloire,
Il dit : Venez, ô mes élus !
Comme moi, vous avez remporté la vic-
      toire,
Recevez de mes mains le prix de vos
      Assis, etc.   [vertus.]

Tombez dans le sein des abîmes,
Tombez, pécheurs audacieux,
De mon juste courroux immortelles vic-
      times.
Vils suppôts des démons, vous brûlerez
      Tombez, etc.   [comme eux.]

Vous n'êtes plus, vaines chimères,
Objets d'un sacrilége amour :

Fléau du genre humain, oppresseurs de
　　　　vos frères,
Héros tant célébrés, qu'êtes-vous dans
　　　　Vous n'êtes, etc.　　[ce jour?]

Triste éternité de supplices,
　　Tu vas donc commencer ton cours?
De l'heureuse Sion ineffables délices,
Bonheur, gloire des saints, vous durerez
　　　　Triste éternité, etc. [toujours.]

Grand Dieu, qui sera la victime
　De ton implacable fureur?
Quel noir pressentiment me tourmente et
　　m'opprime !
La crainte et les remords me déchirent
　　　　Grand Dieu, etc. [le cœur.]

De tes jugements, Dieu sévère,
　　Pourrai-je subir les rigueurs ?
J'ai péché, mais ton sang désarme ta
　　colère;
J'ai péché, mais mon crime est éteint par
　　De tes jugements, etc. [mes pleurs.]

11. Même sujet.

J'entends la trompette effrayante,
　　Qui nous crie : O morts, levez-vous ;
Et qui, dans un clin d'œil, d'une voix fou-
　　droyante,
Au tribunal de Dieu nous appellera tous.
　　J'entends, etc.

J'entends la trompette de l'ange
Retentir déjà dans les airs ;

J'entends un son perçant, j'entends un
    bruit étrange
Qui fait trembler le ciel, la terre et les
    J'entends, etc.   [enfers.]

Tremblez, habitants de la terre;
    Tremblez, le Seigneur va venir.
De sa part, ô pécheurs, nous vous faisons
    la guerre,
Il paraîtra bientôt, il viendra vous punir.
    Tremblez, etc.

Venez, descendez, cour céleste;
    Saints anges, suivez le Seigneur;
Venez, feu, grêle, éclairs, vents, tem-
    pête funeste,
Paraissez, armez-vous pour punir le pé-
    Venez, etc.   [pécheur.]

Grondez dans les airs, ô tonnerre!
    Soleil et lune, éclipsez-vous:
Pour punir le pécheur, ô ciel, ô mer, ô
    terre,
Armez-vous promptement, éclatez de
    Grondez, etc.   [courroux,]

Sortez du profond des abîmes,
    Venez, ô monstres infernaux;
Saisissez les pécheurs, et punissez leurs
    crimes;
Préparez des tourments, assemblez tous
    Sortez, etc.   [les maux.]

Corps, unissez-vous à vos âmes;
    Ames, rentrez vite en vos corps;

Ensemble vous irez au ciel ou dans les
       flammes :
En vain pour échapper vous ferez mille
       Corps, etc.   [efforts.]

    Rendez-vous devant votre juge ;
    Il va paraître en un moment :
Pour éviter ses coups il n'est plus de re-
       fuge :
Rois, peuples, grands, petits, venez au
       Rendez-vous, etc.   [jugement.]

    O cieux, annoncez la justice
    D'un Dieu saintement irrité !
Dites qu'il récompense ou condamne au
       supplice,
Que de ses jugements la règle est l'équité.
       O cieux, etc.

    Ouvre, pécheur, ouvre l'oreille,
    Et connais ton malheureux sort,
Celui qu'un si grand bruit n'épouvante et
       n'éveille,
Ne dort pas seulement, mais il est déjà
       Ouvre, etc.   [mort.]

    Pour nous délivrer des alarmes,
    Qui, dans ce jour, fondront sur nous.
Fléchissons notre juge, ayons recours aux
       larmes;
Tâchons, par nos sanglots, de calmer son
       Pour nous, etc.   [courroux.]

    Écoutons la voix favorable,
    La voix des hérauts du Seigneur ;

Elle dit aux pécheurs : Cessez d'être cou-
　　　pables,
Venez vous convertir, venez changer de
　　　Ecoutons, etc.　　　[cœur.]

Ecoutez ce Dieu qui nous crie :
O morts, levez-vous promptement!
Vous-mêmes jugez-vous, il faut changer
　　　de vie,
Et vous ne craindrez rien au jour du juge-
　　　Ecoutez, etc.　　　[ment.]

12. Même Sujet.

Il me semble le voir,
Ce jour de désespoir,
De trouble et de vengeance,
Où le Dieu redouté
Viendra dans sa puissance,
Punir l'iniquité.

J'entends le bruit fatal
Qui donne le signal
Pour embraser le monde :
Déjà les feux, les airs
Conspirent avec l'onde
Pour perdre l'univers.

La nature frémit,
Le soleil s'obscurcit,
Les cieux sont sans lumière ;
La terre en un instant,
Est réduite en poussière,
Et Dieu seul paraît grand.

Plus prompt que les éclairs,
Un ange fend les airs
De l'un à l'autre pôle :
Il dit : Levez-vous, morts !
Et tous, à sa parole,
Vont reprendre leurs corps.

Des peuples éperdus
Et des rois confondus
La troupe consternée,
Sortant des monuments,
Attend sa destinée,
La gloire ou les tourments.

Le Fils du Dieu vivant,
Sur un trône éclatant,
Armé de son tonnerre,
Précédé de sa croix,
Vient, en juge sévère,
Revendiquer ses droits.

Ce sage scrutateur
Va jusqu'au fond du cœur
Dévoiler tous les vices ;
Tout est manifesté,
Il juge les justices,
Confond l'iniquité.

L'implacable vengeur,
Dans sa juste fureur,
Oubliant sa clémence,
Contre le criminel
Prononce la sentence :
L'arrêt est sans appel.

Retirez-vous, maudits ;
Que l'enfer soit le prix
Et la fin de vos crimes !
A d'immortels regrets,
Dans le fond des abîmes,
Je vous livre à jamais.

Mais vous, ne craignez plus,
Venez, ô mes élus,
Les bénis de mon Père ;
Un trône glorieux
Sera votre salaire ;
Suivez-moi dans les cieux.

13. Sur le Purgatoire.

Au fond des brûlants abîmes
Nous gémissons, nous pleurons ;
Et pour expier nos crimes,
Loin de Dieu nous y souffrons.
    Hélas ! hélas !
Feu vengeur, de tes victimes
Les pleurs ne t'éteignent pas !
    Hélas ! hélas ! etc.

A l'aspect de nos supplices,
Chrétiens, attendrissez-vous :
A nos maux soyez propices,
O nos frères, sauvez-nous.
    Hélas ! hélas !
Le ciel, sans vos sacrifices,
Ne les abrégera pas.
    Hélas ! hélas ! etc.

Tandis que les âmes pures
Prennent leur vol vers les cieux,
Mille légères souillures
Nous retiennent dans ces feux.
  Hélas! hélas!
Dans ces cruelles tortures
Ne nous abandonnez pas.
  Hélas! hélas! etc.

De ces flammes dévorantes
Vous pouvez nous arracher;
Hâtez-vous, âmes ferventes,
Dieu se laissera toucher.
  Hélas! hélas!
De ces peines si cuisantes
La fin ne vient-elle pas?
  Hélas! hélas! etc.

Des soupirs, des vœux, des larmes
Offerts au Seigneur pour nous,
Seraient de puissantes armes
Contre son juste courroux.
  Hélas! hélas!
Dans nos maux, dans nos alarmes,
Ne nous aiderez-vous pas?
  Hélas! hélas! etc.

Grand Dieu, de votre justice
Désarmez le bras vengeur :
Que notre malheur finisse
Par le sang d'un Dieu sauveur!
  Hélas! hélas! etc.

14. Sur l'Enfer.

Dialogue des vivants et des morts.

D. Malheureuses créatures,
Que le Dieu de l'univers,
Par d'éternelles tortures,
Punit au fond des enfers;
Dites-nous, dites-nous,
Quels tourments endurez-vous?

Les damnés.

R. Hé quoi! faut-il vous instruire
De l'excès de nos douleurs!
Faut-il nous-mêmes vous dire
Quelle est la fin des pécheurs?
Hélas! hélas!
Mortels, ne nous suivez pas...

Aux impies et aux jureurs.

D. Parlez, pécheurs détestables,
Hommes sans religion,
Vous jureurs abominables,
Blasphémateurs du saint nom,
Dites-nous, etc.

R. Que ce grand Dieu de vengeance,
Nous force bien malgré nous,
De redouter sa puissance
Et de trembler sous ses coups!
Hélas! etc.

Aux impudiques.

D. Que souffrez-vous, impudiques,
Pour vos folles libertés,

Pour vos amours frénétiques,
Pour vos sales voluptés ?
   Dites-nous, etc.

R. Ah ! pour des plaisirs infâmes,
Pour des plaisirs d'un moment,
Il nous faut parmi les flammes
Brûler éternellement.
   Hélas, etc.

Aux danseurs et aux danseuses.

D. Et vous, mondains, pour vos danses,
Vos jeux, vos amusements,
Pour tant de folles dépenses,
Tant de vains ajustements ?
   Dites-nous, etc.

R. Maudites soient nos délices,
Nos ris, nos danses, nos jeux;
Ils sont cause des supplices
Qne nous souffrons dans ces feux.
   Hélas, etc.

Aux ivrognes.

D. Débauchés qui faisiez gloire
D'aller dans les cabarets,
Et que le plaisir de boire
Entraînait à tant d'excès.
   Dites-nous, etc.

R. Une éternelle indigence,
La soif, les feux dévorants,
Sont la triste récompense
De tous les intempérants.
   Hélas, eic.

Aux voleurs et aux avares.

D. Pécheurs qui, par avarice,
Avez fait tort au prochain ;
Qui, contre toute justice,
Dérobiez de toute main,
  Dites-nous, etc.

R. Ah! Dieu prend en main la cause
Du pauvre et de l'orphelin ;
Pour avoir pris peu de chose
Nos maux n'auront plus de fin.
    Hélas ! etc.

Aux sales et aux médisants.

D. Pour tant de sales paroles,
Tant de mots à double sens,
Pour vos entretiens frivoles,
Et vos discours médisants,
  Dites-nous, etc.

R. Pour punir un mot profane,
Et nos discours diffamants,
Un Dieu vengeur nous condamne
A d'éternels hurlements.
    Hélas, etc.

A ceux qui cachent leurs péchés.

D. Vous qui, par crainte ou par honte,
Cachiez à vos confesseurs
Des péchés dont tenait compte
Celui qui sonde les cœurs,
  Dites-nous, etc.

R. O Dieu! pour un peu de honte,
Qui passait dans un moment,

Et qu'aisément on surmonte,
Souffrir éternellement.
    Hélas, etc·

Aux indignes communiants.

D. Répondez, pécheurs infâmes,
Qui, le crime au fond du cœur,
Osiez présenter vos âmes
A la table du Seigneur.
    Dites-nous, etc.

R. O table! ô vivante hostie!
Par le plus horrible sort,
Loin de nous donner la vie,
Tu nous as donné la mort.
    Hélas, etc.

A tous les damnés.

Adieu donc, maudites âmes;
Loin du ciel et loin de Dieu,
Hurlez, brûlez dans les flammes;
Adieu pour jamais, adieu.
    Hélas! hélas!
Chrétiens, ne les suivons pas.

Pour jamais! est-il possible?
Oh! jamais! que tu es long!
Mon cœur, à ce mot terrible,
Frémit, se perd, se confond.
    Hélas! Hélas!
Grand Dieu, ne nous damnez pas.

15. Sur le Paradis.

Sainte cité, demeure permanente,
Sacré palais, qu'habite le grand roi,
Où doit sans fin régner l'âme innocente,
Quoi de plus doux que de penser à toi?
Refrain.   O ma patrie!
          O mon bonheur!
          Toute ma vie!
          Sois le vœu de mon cœur.

Dans tes parvis tout n'est plus qu'allé-
      gresse,
C'est un torrent des plus chastes plaisirs :
On ne ressent ni peine ni tristesse ;
On ne connaît ni plainte, ni soupirs.

Tes habitants ne craignent plus d'orage :
Ils sont au port, ils y sont pour jamais ;
Un calme entier devient leur doux partage;
Dieu, dans leur cœur, verse un fleuve de
      paix.

De quel éclat ce Dieu les environne!
Ah! je les vois tout brillants de clarté ;
Rien ne saurait y flétrir leur couronne.
Leur vêtement est l'immortalité.

Pour les élus il n'est plus d'inconstance,
Tout est soumis au joug du saint amour;
L'affreux péché n'a plus là de puissance,
Tout bénit Dieu dans cet heureux séjour.

Beauté divine, ô beauté ravissante !
Tu fais l'objet du suprême bonheur :
O quand naîtra cette aurore brillante
Où nous pourrons contempler ta splen-
      deur?

Puisque Dieu seul est notre récompense,
Qu'il soit aussi la fin de nos travaux ;
Dans cette vie un moment de souffrance
Mérite au ciel un éternel repos.

TROISIÈME PARTIE.

16. Sur le Retour à Dieu.

Dieu.

Reviens, pécheur, à ton Dieu qui t'appelle :
Viens au plus tôt te ranger sous sa loi :
Tu n'as été déjà que trop rebelle ;
Reviens à lui, puisqu'il revient à toi.

Le pécheur.

Voici, Seigneur, cette brebis errante
Que vous daignez chercher depuis long-
temps :
Touché, confus d'une si longue attente,
Sans plus tarder, je reviens, je me rends.

Dieu.

Pour t'attirer, ma voix se fait entendre ;
Sans me lasser, partout je te poursuis :
D'un Dieu pour toi, du père le plus tendre,
J'ai les bontés, ingrat, et tu me fuis !

Le pécheur.

Errant, perdu, je cherchais un asile ;
Je m'efforçais de vivre sans effroi.

Hélas ! Seigneur , pouvais--je être tran-
    quille ,
Si loin de vous , et vous si loin de moi ?

Dieu.

Attraits , frayeurs , remords , secret lan-
    gage ,
Qu'ai-je oublié, dans mon amour constant?
Ai-je pour toi dû faire davantage?
Ai-je pour toi dû même faire autant?

Le Pécheur,

Je me repens de ma faute passée ,
Contre le Ciel , contre vous j'ai péché ;
Mais oubliez ma conduite insensée.
Et ne voyez en moi qu'un cœur touché.

Dieu.

Si je suis bon, faut-il que tu m'offenses ?
Ton méchant cœur s'en prévaut chaque
    jour;
Plus de rigueur vaincrait tes résistances;
Tu m'aimerais, si j'avais moins d'amour.

Le pécheur.

Que je redoute un juge, un Dieu sévère !
J'ai prodigué des biens qui sont sans prix ;
Comment oser vous appeler mon père ?
Comment oser me dire votre fils ?

Dieu.

Marche au grand jour que t'offre ma lu-
    mière ,
A sa faveur tu peux faire le bien;

La nuit bientôt finira ta carrière,
Funeste nuit où l'on ne peut plus rien.

Le pécheur.

Dieu de bonté, principe de tout être,
Unique objet digne de nous charmer,
Que j'ai long-temps vécu sans vous con-
    naître !
Que j'ai long-temps vécu sans vous aimer!

Dieu.

Ta courte vie est un songe qui passe,
Et de ta mort le jour est incertain :
Si j'ai promis de te donner ta grâce,
T'ai-je jamais promis le lendemain?

Le pécheur.

Votre bonté surpasse ma malice,
Pardonnez moi ce long égarement;
Je le déteste, il fait tout mon supplice,
Et pour vous seul j'en pleure amèrement.

Dieu.

Le ciel doit-il te combler de délices
Dans le moment qui suivra ton trépas?
Ou bien l'enfer t'accabler de supplices?
C'est l'un des deux, et tu n'y penses pas!

Le pécheur.

Je ne vois rien que mon cœur ne défie,
Malheurs, tourments, ou plaisirs les plus
    doux.
Non, fallut-il cent fois perdre la vie,
Rien ne pourra me séparer de vous.

2

17. Regrets et Prière du Pécheur repentant.

J'ai péché dès mon enfance,
J'ai chassé Dieu de mon cœur;
J'ai perdu mon innocence,
Quelle perte! ah! quel malheur!
J'ai péché, etc.

Oh! qui mettra dans ma tête
Une fontaine de pleurs,
Sur la perte que j'ai faite,
Sur le plus grand des malheurs!
Oh! qui mettra, etc.

Riche trésor de la grâce,
Te perdant, j'ai tout perdu:
Que faut-il donc que je fasse
Pour que tu me sois rendu?
Riche trésor, etc.

Innocence inestimable,
Que je te connaissais peu,
Quand d'un bien si désirable
La perte m'était un jeu?
Innocence, etc.

O que mon âme était belle
Quand elle avait sa candeur!
Depuis qu'elle est criminelle,
O Dieu, quelle est sa laideur!
O que mon âme, etc.

O Dieu, quel bonheur extrême,
Si j'étais mort au berceau;

Ou si des fonts du baptême
On m'eût conduit au tombeau !
    O Dieu , etc.

    Malheur à vous, amis traîtres,
Mes plus cruels ennemis,
Qui fûtes mes premiers maîtres
Dans les maux que j'ai commis.
    Malheur à vous, etc.

    O mon Dieu, dans mon baptême ;
A vous je me consacrai ;
Et, dès mon enfance même,
Au démon je me livrai.
    O mon Dieu, etc.

    O promesses prononcées
A la face des autels,
Et si souvent violées
Par mille péchés mortels !
    O promesses, etc.

Pardonnez à ce rebelle
Qui déplore son malheur,
Qui veut vous être fidèle
Et vous redonner son cœur,
    Pardonnez, etc.

18. Même Sujet.

Hélas !
Quelle douleur
Remplit mon cœur ;
Fait couler mes larmes(

Hélas !
Quelle douleur
Remplit mon cœur
De crainte et d'horreur !
Autrefois,
Seigneur, sans alarmes,
De tes lois
Je goûtais les charmes :
Hélas !
Vœux superflus,
Beaux jours perdus,
Vous ne serez plus !... .

La mort
Déjà me suit ;
O triste nuit !
Déjà je succombe :
La mort
Déjà me suit ;
Le monde fuit ;
Tout s'évanouit.
Je la vois
Entr'ouvrant ma tombe,
Et sa voix
M'appelle, et j'y tombe.
O mort !
Cruelle mort !
Si jeune encor !...
Quel funeste sort !...

Frémis,
Ingrat pécheur,
Un Dieu vengeur,
D'un regard sévère ;

Frémis,
Ingrat pécheur,
Un Dieu vengeur
Va sonder ton cœur.
Malheureux !
Entends son tonnerre ;
Si tu peux,
Soutiens sa colère.
Frémis,
Seul aujourd'hui,
Sans nul appui,
Parais devant lui.

Grand Dieu !
Quel jour affreux
Luit à mes yeux !
Quel horrible abîme !
Grand Dieu !
Quel jour affreux
Luit à mes yeux !
Quels lugubres feux !
Oui, l'enfer,
Vengeur de mon crime
Est ouvert,
Attend sa victime.
Grand Dieu !
Quel avenir !
Pleurer, gémir,
Toujours te haïr.

Beau ciel !
Je t'ai perdu ;
Je t'ai vendu
Par de vains caprices.

Beau ciel !
Je t'ai perdu ;
Je t'ai vendu ;
Regret superflu !
Loin de toi ,
Toutes tes délices
Sont pour moi
De nouveaux supplices.
Beau ciel !
Toi que j'aimais ,
Qui me charmais ,
Ne te voir jamais !...

O vous ,
Enfants pieux ,
Toujours joyeux
Et pleins d'espérance !
O vous ,
Enfants pieux ,
Toujours joyeux !
Moi seul malheureux !
J'ai voulu
Sortir de l'enfance ;
J'ai perdu
L'aimable innocence.
O vous ;
Du ciel un jour
Heureuse cour ,
Adieu , sans retour !

Non , non ,
C'est une erreur :
Dans mon malheur ,
Hélas ! je m'oublie.

Non , non ,
C'est une erreur :
Dans mon malheur ,
Je trouve un sauveur ,
Il m'entend ,
Me réconcilie ;
Dans son sang
Je reprends la vie.
Non , non ,
Je l'aime encor ,
Et le remords
A changé mon sort.

Jésus !
Manne des cieux ,
Pain des heureux ,
Mon cœur te réclame ,
Jésus !
Manne des cieux ,
Pain des heureux ,
Viens combler mes vœux.
Désormais ,
Ta divine flamme ,
Pour jamais ,
Embrase mon âme.
Jésus !
O mon Sauveur ,
Fais de mon cœur
L'éternel bonheur.

19. Même Sujet.

A tes pieds, Dieu que j'adore .
Ramené par mes malheurs ,

Tu vois mon cœur qui déplore
Ses écarts et ses erreurs.
Seigneur ! Seigneur !
Ah ! reçois, reçois encore
Mes soupirs et ma douleur.

Si mon crime qui te blesse,
Sollicite ton courroux,
Ton indulgence te presse
De me sauver de tes coups.
Seigneur ! Seigneur !
J'attends tout de ta tendresse ;
Désarme ton bras vengeur.

Israël, jadis coupable,
Pleure ses égarements ;
Bientôt ta main secourable
En suspend les châtiments.
Seigneur ! Seigneur !
Jette un regard favorable
Sur ce malheureux pécheur.

Je ne puis rien sans ta grâce :
Daigne donc me secourir.
Seul j'ai causé ma disgrâce,
Seul je ne puis revenir.
Seigneur ! Seigneur !
L'espoir enfin a fait place
A ma trop juste frayeur.

Mes soupirs sont ton ouvrage :
Puisse mon cœur malheureux
Te venger de mon outrage
Et de mes coupables feux !

Seigneur ! Seigneur !
Que mon cœur, long-temps volage
N'aime plus que sa douleur.

∘C⟨⟩∘

20. Même sujet.

Seigneur, Dieu de clémence,
Reçois ce grand pécheur,
A qui la pénitence
Touche aujourd'hui le cœur ;
Vois d'un œil secourable
L'excès de son malheur,
Et d'un œil favorable
Accepte sa douleur.

Je suis un infidèle
Qui méconnus tes lois,
Un perfide, un rebelle,
Qui péchai mille fois :
Jamais dans l'innocence
Je n'ai coulé mes jours ;
Toujours plus d'une offense
En a terni le cours,

Chargé de mille crimes
Souvent j'ai mérité
D'entrer dans les abîmes
Pour une éternité :
J'ai peu craint la colère
De ton bras irrité,
Mais cependant j'espère,
Seigneur, en ta bonté.

Lorsqu'à ton indulgence
Un coupable a recours,
Des traits de ta vengeance
Ton cœur suspend le cours.
Rempli de confiance,
J'ose venir à toi :
Au nom de ta clémence,
Grand Dieu ! pardonne-moi.

Hélas ! quand je rappelle
Combien je fus pécheur,
Une douleur mortelle
S'empare de mon cœur.
Par quel malheur extrême
Ai-je offensé souvent
Un Dieu, la bonté même,
Un Dieu si bienfaisant?

Fuis loin, péché funeste,
Dont je fus trop charmé ;
Péché, je te déteste
Autant que je t'aimai.
O Dieu bon ! ô bon père ?
Tu vois mon repentir ;
Avant de te déplaire,
Plutôt, plutôt mourir !

C'est fait, je te déteste ;
Plus de péché pour moi :
Le ciel, que j'en atteste,
Garantira ma foi.
Le Dieu qui me pardonne,
Aura tout mon amour ;
A lui seul je le donne
Sans bornes, sans retour.

21. Même sujet.

Comment goûter quelque repos
Dans les tourments d'un cœur coupable !
Loin de vous, ô Dieu tout aimable,
Tous les biens ne sont que des maux.
J'ai fui la maison de mon père,
A la voix d'un monde enchanté :
Il promet la félicité,
Mais il n'enfante que misère !

Vois, me disait-il, vois le temps
Emporter ta belle jeunesse.
Tu cueilles l'épine qui blesse,
Au lieu des roses du printemps.
Le perfide, pour ma ruine,
Cachait l'épine sous les fleurs ;
Mais vous, ô Dieu plein de douceurs,
Vous cachez les fleurs sous l'épine.

Créateur, justement jaloux,
Ah ! voyez ma douleur profonde :
Ce que j'ai souffert pour le monde,
Si je l'avais souffert pour vous !....
J'ai poursuivi dans les alarmes
Le fantôme des vains plaisirs :
Ah ! j'ai semé dans les soupirs,
Et je moissonne dans les larmes.

Qui me rendra de la vertu
Les douces, les heureuses chaînes !
Mon cœur, sous le poids de ses peines,
Succombe et languit abattu.
J'espérais, ô triste folie !

Vivre tranquille et criminel ;
J'oubliais l'oracle éternel :
Il n'est point de paix pour l'impie.

De mon abîme, ô Dieu clément,
J'ose t'adresser ma prière.
Cessas-tu donc d'être mon père,
Si je fus un indigne enfant ?
Hélas ! le lever de l'aurore
Aux pleurs trouve mes yeux ouverts ;
Et la nuit couvre l'univers,
Que mon âme gémit encore.

A peine a brillé ma raison,
Qu'à ton amour j'ai fait outrage :
J'ai dissipé ton héritage,
J'ai déshonoré ta maison ;
Je n'ose demander ma place,
Ni prendre le nom de ton fils :
Parmi tes serviteurs admis,
A ta bonté je rendrai grâce.

Mais, quelle voix !... qu'ai-je entendu ?
» D'instruments que l'air retentisse,
» Que le ciel lui-même applaudisse :
» Mon cher fils enfin m'est rendu ! »
Dieu ! je vois mon père, il s'empresse ;
L'amour précipite ses pas :
Il veut me serrer dans ses bras,
Baigné des pleurs de sa tendresse.

Ce père tendre et plein d'amour,
Mon âme, c'est ton Dieu lui-même.
En fait-il assez pour qu'on l'aime ?

Sois fidèle enfin sans retour.
Que ta bonté, Seigneur, efface
Les jours où j'oubliai ta loi !...
Un pécheur qui revient à toi
Est le chef-d'œuvre de ta grâce.

22. Force du Saint-Esprit contre le Respect-humain.

Bravons les enfers,
Brisons tous nos fers,
Sortons de l'esclavage,
Unissons nos voix,
Rendons à la croix
Un sincère et public hommage.

Jurons haine au respect humain;
Brisons cette idole fragile;
Sur ses débris, que notre main
Elève un trône à l'Evangile,
Bravons, etc.

Chrétiens, d'une vaine terreur
Serons-nous toujours la victime?
Qu'il soit banni de notre cœur
Le cruel tyran qui l'opprime.
Bravons, etc.

Sous le joug d'un monde censeur
Nous gémissons dès notre enfance;
Recouvrons, vengeons notre honneur.
Proclamons notre indépendance.
Bravons, etc.

Partout flottent les étendards
Qu'arbore à nos yeux la licence :
Faisons briller à ses regards
La bannière de l'innocence.
   Bravons, etc.

Tout Chrétien doit être soldat
Rempli d'ardeur, né pour la gloire,
Quand son chef le mène au combat,
Tremblant il fuirait la victoire !
   Bravons, etc.

Tandis que sur le champ d'honneur,
La valeur signale les braves,
On me verrait lâche et sans cœur
Traînant les chaînes des esclaves !
   Bravons, etc.

Seigneur, ton camp sera le mien !
Tant qu'il coulera dans mes veines
Quelques gouttes du sang chrétien :
Monde, tes menaces sont vaines.
   Bravons, etc.

Divin Roi, jusqu'à mon trépas
Mon cœur te restera fidèle.
Puisse la croix, guidant mes pas,
Me voir tomber, mourir près d'elle !
   Bravons, etc.

Chrétiens, le signal est donné,
Hâtons-nous, courons à la gloire :
L'heure du triomphe a sonné,
Le Ciel nous promet la victoire.
   Bravons, etc.

23. Sur la Confession.

O malheureux qui gémissez
Dans la misère, dans l'abîme,
O vous, pécheurs, qui succombez
Sous le poids énorme du crime !
Voulez-vous recouvrer la paix,
Dieu, sa grâce et votre innocence :
Venez confesser vos excès
Au trône de la pénitence.

Voyez couler au tribunal
Le sang de la sainte victime,
Qui doit laver l'arrêt fatal
Qu'avait encouru votre crime.
Voyez les anges s'empresser
A célébrer l'heureuse fête
Qui, dans les cieux, doit annoncer
Votre retour et leur conquête.

Dès que vous aurez fait l'aveu
De vos péchés, de vos offenses,
Vont s'échapper des mains de Dieu
Les traits de ses justes vengeances.
Sur vous brilleront les rayons
De ses plus éclatantes grâces ;
Il effacera, ce Dieu bon,
De vos péchés jusques aux traces.

Les cieux, par vos nobles efforts,
Vont se rouvrir sur votre tête !
De leur gloire tous les trésors
Vont devenir votre conquête.
Vous allez fermer à vos yeux

De l'enfer les affreux abîmes ;
Vos larmes éteindront les feux
Allumés pour venger vos crimes.

Ne voyez dans le confesseur
Que le ministre de Dieu même,
Le ministre de sa douceur,
De sa miséricorde extrême.
Comme le bon Samaritain,
Son cœur prendra part à vos peines.
Au nom d'un Dieu Sauveur, sa main
Brisera vos pesantes chaînes.

Approchez donc, d'un cœur contrit,
Avec une douleur amère :
Au ministre de Jésus-Christ
Faites l'aveu le plus sincère :
Dieu vous rendra son tendre amour,
Vos droits à la gloire immortelle ;
Sa main va du divin séjour
Vous rouvrir la porte éternelle.

Mais si vous veniez sans douleur
A ce tribunal redoutable,
Ah ! vous souilleriez votre cœur
D'un sacrilège abominable.
Si vous taisiez quelques péchés,
Ou si vous déguisiez vos vices,
Ils vous seraient tous reprochés
Au jour terrible des justices.

Avez-vous le bien du prochain,
Rendez-le au maître légitime ;
Arrachez l'œil, coupez la main

Qui sont l'occasion du crime.
Si vous aviez des ennemis,
Dans vos cœurs étouffez la haine ;
Qu'enfin, pour vos péchés commis,
Votre douleur soit souveraine.

C'est alors que vous goûterez
Combien le Seigneur est aimable ;
C'est alors que vous trouverez
Son joug léger, doux, agréable.
Les croix, les soupirs, la douleur
Auront pour vous les plus doux charmes :
Vous trouverez de la douceur
Même à verser des larmes.

QUATRIÈME PARTIE.

24. Sur l'Eucharistie.

*A l'*Introït.

Pleins d'un respect mêlé de confiance
Qu'excite en nous, Seigneur, votre
présence,
Connaissant qu'à vos yeux nous sommes
criminels,
Nous cherchons un asile au pied de vos
autels.

Au Confiteor.

Oui, devant vous, Dieu saint, Dieu redoutable,
Nous confessons que tout homme est
coupable :
Mais voyant que nos cœurs sont vivement
touchés,
Daignez par votre grâce effacer nos
péchés.

Le Prêtre montant à l'autel.

Vous ne voyez en nous aucun mérite,
Mais tout le ciel pour nous vous sollicite;
Seigneur, prêtez l'oreille à tant d'inter-
cesseurs,
Et rendez-vous aux vœux qu'ils font pour
les pécheurs.

Au Gloria. in. excelsis.

Gloire au Très-Haut, gloire à l'Être-
suprème,
Gloire à son Fils, à l'Esprit-Saint de même;
Paix sur la terre à l'homme animé par la
foi,
Qui d'un juste devoir se fait la douce loi.

A l'Évangile.

Nous recevons, avec un cœur docile,
Les vérités que contient l'Évangile :
Et nous voulons, Seigneur, jusqu'au
dernier moment,

Faire ce qu'il ordonne, et fuir ce qu'il
défend.

Au Credo.

Avec respect et d'une foi soumise ,
Nous écoutons ce qu'enseigne l'Eglise ,
C'est vous qui lui parlez, suprême vérité !
Notre raison se rend à votre autorité.

*A l'*Offertoire.

Nous vous offrons le sang d'une victime,
Qui, seule, peut expier notre crime :
Et quoique votre bras soit levé contre
    nous ,
Elle peut désarmer votre juste courroux.

Agréez donc un si grand sacrifice ,
Et vous rendez à tous nos vœux propice,
Le sang que votre Fils répandit sur la
    croix,
Vous parle ici pour nous , écoutez en la
    voix.

A la Préface.

Pour célébrer dignement vos louanges,
Nous nous joignons, Seigneur, aux chœurs
    des Anges ;
Ces heureux habitants du céleste séjour
Viennent tous à l'envi vous faire ici leur
    cour.

Au Sanctus.

Que par leurs chants nos voix soient
    animées,
Chantons : Saint, Saint, Saint, le Dieu des
    armées !
Grâces à ses bontés, nous avons un Sau-
    veur !
Béni celui qui vient de la part du Seigneur.

Depuis le Sanctus *jusqu'à* l'Élévation.

Ce Dieu Sauveur, parmi nous va des-
    cendre ;
C'est son amour qui l'oblige à s'y rendre ;
Oui, parce qu'il nous aime, à la voix d'un
    mortel,
Il obéit sans peine, et se rend sur l'autel.

Venez, Seigneur, hâtez-vous de paraître,
Pour nous servir de Victime et de Prêtre :
Nos vœux sont écoutés, Jésus descend
    des cieux ;
Mais sous un voile obscur il se cache à
    nos yeux.

A l'Élévation.

Ah ! le voilà, mortels en sa présence
Prosternez-vous, adorez-le en silence !
Adorez humblement le corps du Dieu
    Sauveur,
Adorons en tremblant le sang du Rédemp-
    teur.

O doux Jésus ! ô salutaire hostie,
Qui nous ouvrez le chemin de la vie ;
Désarmez l'ennemi qui, par des traits
mortels
Ose nous attaquer jusqu'au pied des
autels.

Pour apaiser la divine justice
Vous vous offrez dans ce saint sacrifice :
Venez peuples, venez au pied de cet
autel,
Jurer à ce bon maître un amour éternel.

Au Memento des Morts.

Dans des brasiers un peuple saint
soupire ;
Daignez, Seigneur, finir un tel martyre ;
Descendez au plus tôt dans ce sombre
séjour,
Tarissez-y les pleurs, montrez-y votre
amour.

Au Pater.

Père puissant, que chacun vous bénisse,
Qu'à votre voix l'univers obéisse ;
Donnez-nous notre pain, pardonnez nos
forfaits,
Et de l'esprit malin éloignez tous les traits.

A l'Agnus Dei.

Agneau divin, vous êtes la victime,
Qui de ce monde avez porté le crime ;

Achevez votre ouvrage, adorable Sauveur,
Lavez dans votre sang les taches de mon
    cœur.

Au Domine, non sum dignus.

Moi, m'approcher de votre sainte table!
J'en suis indigne, hélas! je suis coupable;
D'un aliment sacré je n'ose me nourrir;
Mais d'un seul mot, Seigneur, vous pou-
    vez me guérir.

A la Communion.

C'est votre chair; oui, votre chair si
    pure,
Que vous daignez m'offrir en nourriture;
C'est le sang précieux qui fut versé pour
    tous,
Dont vous faites encore un breuvage pour
    nous.

Après la Communion.

Divin Jésus! quelle reconnaissance
Peut égaler votre munificence!...
Possédez à jamais, pour marque de retour,
Mon âme, mes désirs, mon cœur et mon
    amour.

Je dois, Seigneur, devant vous me
    confondre,
A vos bontés je ne saurais répondre;
Acceptez, ô mon Dieu! pour marque de
    retour,
Mon âme, mes désirs, mon cœur et mon
    amour.

A la fin de la Messe.

C'en est donc fait, l'Auguste Sacrifice,
A nos soupirs ouvre le Ciel propice,
Des oracles divins les sens sont accomplis,
La grâce est descendue, et nos vœux sont
      remplis.

25. Sur le Saint Cœur de Jésus.

Par les chants les plus magnifiques,
Sion, célèbre ton Sauveur,
Exalte dans tes saints cantiques
Ton Dieu, ton Chef et ton Pasteur,
Redouble aujourd'hui pour lui plaire
Tes transports, tes soins empressés,
Jamais tu n'en pourras trop faire,
Tu n'en feras jamais assez.

Ouvre ton cœur à l'allégresse,
A tous les feux de tes transports,
Lorsque son immense largesse
T'ouvre elle-même ses trésors.
Près de consommer son ouvrage,
Il consacre son dernier jour
A te laisser ce tendre gage
Qui met le comble à son amour.

Offert sur sa table mystique,
L'agneau de la nouvelle loi
Termine enfin la Pâque antique
Qui figurait le nouveau Roi.

La vérité succède à l'ombre,
La loi de crainte se détruit ;
La clarté chasse la nuit sombre,
Et la loi de grâce nous luit.

Jésus, de son amour extrême,
Veut éterniser le bienfait ;
Ce que d'abord il fit lui-même,
Le prêtre à son ordre le fait ;
Il change, ô prodige admirable
Qui n'est aperçu que des cieux !
Le pain en son corps adorable,
Le vin en son sang précieux.

L'œil se méprend, l'esprit chancelle,
Il cherche d'un Dieu la splendeur ;
Mais toujours ferme, un vrai fidèle,
Sans hésiter voit son Seigneur ;
Son sang pour nous est un breuvage,
Sa chair devient notre aliment ;
Les espèces sont le nuage
Qui nous le couvre au sacrement.

On voit le juste et le coupable
S'approcher du banquet divin,
Se ranger à la même table,
Prendre place au même festin ;
Chacun reçoit la même hostie ;
Mais qu'ils diffèrent dans leur sort !
Le juste tremble et boit la vie ;
L'impie affronte et boit la mort.

Ce Fils, sous la main paternelle,
Près de se voir percer le flanc ;

Cette victime solennelle,
Dont l'Hébreu vit couler le sang;
La manne, au goût délicieuse,
Qui tous les jours tombait des cieux,
Sont la figure précieuse
Du prodige offert à nos yeux.

Je te salue, ô pain de l'ange!
Aujourd'hui pain du voyageur;
Toi que j'adore et que je mange,
Ah! viens dissiper ma langueur.
Loin de toi l'impur, le profane,
Pain réservé pour les enfants,
Mêts des élus, céleste manne,
Objet seul digne de nos chants.

Au secours de notre misère
Jésus se livre entièrement;
Dans la crèche il est notre frère,
Et sur l'autel notre aliment;
Quand il mourut sur le calvaire,
Il fut la rançon du pécheur;
Triomphant dans son sanctuaire
Il est du juste le bonheur.

Honneur, amour, louange et gloire
Te soient rendus, ô bon Pasteur!
Vis à jamais dans ma mémoire,
Sois toujours gravé dans mon cœur,
O pain des forts! par ta puissance
Soulage mon infirmité;
Fais qu'engraissé de ta substance
Je règne dans l'éternité.

26. Première Communion.

O jour heureux pour moi !
Mon bonheur est extrême :
Jésus, mon divin Roi,
Veut enfin dans moi-même
     Venir,
Quel plus doux plaisir !

Eh quoi ! divin Sauveur !
Moi, vile créature,
Recevoir dans mon cœur
L'auteur de la nature,
     O cieux !
Quel bien précieux !

Je le vois, votre amour
Vous fait donner vous-même ;
Par un juste retour,
Grand Dieu ! que je vous aime !
     Mon cœur,
Soyez plein d'ardeur.

Mon aimable Jésus,
Dans l'amour qui me presse,
Hélas ! je n'en puis plus ;
Que je brûle sans cesse
     Pour vous,
Rien ne m'est si doux.

Ah ! point d'iniquité,
Point en moi de souillure ;
Le Dieu de pureté

Demande uue âme pure ;
Seigneur,
Lavez bien mon cœur.

O quel péché plus noir,
Quel crime détestable,
Que de vous recevoir
Avec un cœur coupable !
La mort,
Plutôt qu'un tel sort.

Donnez-moi les vertus,
O Dieu tout adorable !
Qui me rendront le plus
A vos yeux agréable ;
Jamais
Point d'autres souhaits.

Que je sois affamé
De vous, vrai pain de vie ;
Que, dans vous transformé,
Moi-même je m'oublie ;
Venez,
Et dans moi régnez.

27. Sur le Désir de la Communion.

Partons, allons, troupe choisie,
Courons au céleste festin ;
Puisque notre Seigneur lui-même nous
convie,
Nous devons assister à ce repas divin :
Partons, allons, troupe choisie,
Courons au céleste festin.

Allons à la table sacrée,
Manger la vraie chair de l'agneau ;
Celle qui sur la croix pour nous fut im-
          molée.
Souffrant mille tourments pour sauver
      Allons, etc.   [son troupeau.]

Ayons pour cette nourriture ;
Ayons une très-grande ardeur ;
N'en approchons jamais sans avoir l'âme
          pure,
L'esprit humilié, le regret dans le cœur :
      Ayons pour cette, etc.

Celui qu'ici bas la refuse,
Se meurt par défaut d'aliment :
S'il en approche mal, et ainsi en abuse,
Il mange et boit alors son propre juge-
      Celui qu'ici bas, etc.   [ment.]

28. Actes avant la Communion.

Acte de Foi.

Divin Jésus !
Pour me donner la vie,
Vous êtes dans la sainte hostie,
Divin Jésus !
La foi m'éclaire,
Je crois ce grand mystère,
Divin Jésus !

Acte d'Espérance.

Dieu tout-puissant,
Votre douce présence
Va ranimer ma confiance,
Dieu tout-puissant :
En vous j'espère;
Finissez ma misère,
Dieu tout-puissant.

Acte d'Amour.

Amour sacré :
De vous seul je veux vivre,
Pour toujours à vous je me livre,
Amour sacré :
Brûlez mon âme
De votre douce flamme,
Amour sacré.

Acte d'Humilité.

Je suis pécheur,
Devant vous je m'abaisse;
Plein de regret, je le confesse :
Je suis pécheur :
Dieu de clémence,
Pardonnez mon offense,
Je suis pécheur.

Acte de Désir.

Venez en moi,
Mon âme vous désire,
Après vous seul elle soupire,

Venez en moi :
Maître adorable,
Rédempteur tout aimable,
Venez en moi.

oↃ(░)⊃o

29. Actes après la Communion.

Acte d'Admiration.

Quelle faveur !
Le Dieu de la nature,
Est devenu ma nourriture,
Quelle faveur !
O Roi suprême,
Vous logez dans moi-même,
Quelle faveur.

Acte de Remercîment.

Pour un tel don,
Que les Saints et les Anges,
Fassent retentir vos louanges,
Pour un tel don,
Que tout s'empresse,
A vous bénir sans cesse,
Pour un tel don.

Acte d'Amour.

Mon doux Jésus,
Si plein de charmes,
Votre amour fait couler mes larmes,
Mon doux Jésus,
Ah ! je vous aime,
Mon amour est extrême,
Mon doux Jésus.

Acte d'Offrande.

Tout est à vous ,
Je vous le sacrifie ,
Mon cœur et mes biens et ma vie;
Tout est à vous :
Pour mon seul Maître
Je veux vous reconnaître
Tout est à vous.

Acte de Demande.

Jusqu'à la mort ;
Régnez seul dans mon âme ,
Que votre amour toujours m'enflamme,
Jusqu'à la mort;
Dieu débonnaire ,
A vous seul je veux plaire ,
Jusqu'à la mort.

30. Protestation de Fidélité et de Persévérence.

Jour heureux , sainte allégresse ,
Jésus règne dans mon cœur !
Pourquoi donc , sombre tristesse ,
Viens-tu troubler mon bonheur?
Hélas ! de mon inconstance
J'ai l'affligeant souvenir ,
Et pour ma persévérance
Je redoute l'avenir.

Chœur.

Doux Sauveur de l'enfance ;
Cache-nous dans ton cœur ;
Conserve-nous la ferveur ,
Et le bonheur et l'innocence !
Conserve-nous la ferveur
Et l'innocence et le bonheur.

Ah ! je connais ma faiblesse.
Mes penchants impérieux ,
Et la dangereuse ivresse
Que le monde offre à mes yeux !
Dans sa fureur meurtrière
Je vois l'enfer accourir :
Ah ! si tout me fait la guerre ,
Ne faudra-t-il pas périr ?

Quoi ! me dit le Dieu suprême ,
Tu pourrais fuir mes autels ?
Quoi ! tu briserais toi-même ,
Ces nœuds chers et solennels ?
Contre toi tout court aux armes ,
Tout conspire à t'entraîner ;
Cher enfant de tant de larmes ,
Veux-tu donc m'abandonner ?

Enfant perfide et coupable ,
Avant que de l'outrager ,
Attend que l'Etre immuable
Pour toi commence à changer ;
Hélas ! tu poursuis ton crime....
Hé bien ! cours, vole au plaisir.
Mais la mort ouvre l'abîme ,
Tremble ! un Dieu va te punir.

Quoi ! sacrifier la grâce
A l'indigne volupté ?
Et pour un monde qui passe
L'immobile éternité,
Pauvre enfant, que vas-tu faire ?
Loin de toi de tels malheurs :
Du moins épargne ton père ;
Prends pitié de ses douleurs.

Moi ! trahir le Dieu que j'aime,
Jésus, déchirer ton cœur !
T'oublier, beauté suprême !
Outrager mon bienfaiteur !
Ton sang coule dans mes veines
Et je pourrais te haïr!
Moi je reprendrais mes chaînes !
Non, Seigneur, plutôt mourir.

Grand Dieu, du sein de la tombe,
Quels cris, quels tristes sanglots !
Du Liban le cèdre tombe,
Que deviendront les roseaux !
Enfants d'abord si fidèles,
Vous fites tous nos serments,
Et vous êtes morts rebelles,
Ah ! serons-nous plus constants?

Mais quoi ! le Dieu que j'adore
N'est-il plus le Dieu puissant?
Des ennemis que j'abhorre
Ne fut il pas triomphant?
S'il m'expose à cette guerre ;
Est-ce pour m'y voir périr?
Si je ne suis que poussière,
Sa main peut me soutenir.

3

Avec ta grâce j'espère,
Et je m'élance aux combats,
Vigilance, humble prière,
Vous assurerez nos pas :
Long-temps, dans ce cher asile,
Je veux apprendre à t'aimer;
Dans ton sang, enfant docile,
Je viendrai me ranimer.

Loin de moi, monde perfide,
Amis, livres corrupteurs,
Respect humain déicide,
Jeux, spectacles séducteurs.
O lis! ton éclat fragile
Périt d'un souffle léger;
O vertu, bien plus débile,
Fuis jusqu'au moindre danger !

Vierge sainte, ô tendre mère !
Je me jette entre tes bras ;
Là, viens me faire la guerre,
Enfer, je ne te crains pas.
A ton nom, douce Marie,
Je sens mon cœur s'attendrir :
Qui t'invoque obtient la vie,
Qui t'aime ne peut périr.

Amour sacré de nos âmes;
Pain, délices de nos cœurs;
Embrase-nous de tes flammes,
Nous jurons d'être vainqueurs;
Jésus, si dans mon délire,
Je dois te trahir un jour,
Qu'aux pieds de l'autel j'expire,
Avant de perdre l'amour.

31. Pour la Bénédiction et l'Elévation.

Chœur. O Roi des cieux !
Vous nous rendez tous heureux !
Vous comblez tous nos vœux ,
En résidant pour nous dans ces lieux.

Prodige d'amour ,
Dans ce séjour
Vous vous immolez pour nous chaque
    A l'homme mortel   [jour.]
Vous offrez un aliment éternel.

Seigneur, vos enfants
Reconnaissants
Vous offrent les plus tendres sentiments :
Leurs cœurs, sans retour,
Veulent brûler du feu de votre amour.

Chantons tous en chœur :
Louange, honneur.
A Jésus, notre aimable Rédempteur !
Chantons à jamais
De son amour les éternels bienfaits

32. Même Sujet.

Dans ce profond mystère
Où la foi sait te voir,
Tout en nous te révère ;
Tu fixes notre espoir.

Chœur.

A la fin de la vie,
Divine Eucharistie,

Nourris du pain d'amour,
Dans la cité chérie
Nous te verrons un jour.

Puisse notre tendresse
Obtenir de ton cœur
La divine sagesse
Qui mène au vrai bonheur.

Que tout en nous s'unisse
Pour chanter tes bienfaits :
Que ta bonté bénisse
Nos vœux et nos souhaits.

Sur nous daigne répandre
Tes bénédictions,
Et fais-nous bien comprendre
La grandeur de tes dons.

33. Même Sujet.

Que cette voûte retentisse
Des voix et des chants des mortels ;
Que tout ici s'anéantisse ;
Jésus paraît sur nos autels.

Quoique caché dans ce mystère
Sous les apparences du pain,
C'est notre Dieu, c'est notre père,
C'est le Sauveur du genre humain.

O divin époux de nos âmes,
Dans cet auguste sacrement.
Embrasez nos cœurs de vos flammes,
En vous faisant notre aliment.

34. Même sujet.

Sur cet autel,
Ah ! que vois-je paraître ?
Jésus, mon Roi, mon divin Maître,
Sur cet autel !
Sainte Victime,
Vous expiez mon crime
Sur cet autel.

O doux Agneau !
L'amour vous sacrifie,
Et votre mort nous rend la vie,
O doux Agneau !
Que votre flamme
Immole aussi mon âme,
O doux Agneau !

Bénissez-moi,
Dieu de miséricorde ;
Souffrez qu'un pécheur vous aborde ;
Bénissez-moi :
Et quoiqu'indigne,
Par une grâce insigne,
Bénissez-moi.

De tout mon cœur,
Dans ce sacré mystère,
Je vous adore et vous révère
De tout mon cœur,
Bonté suprême,
Que toujours je vous aime
De tout mon cœur.

Tout est en feu
Sur ce trône de grâce ;

Pourquoi mon cœur est-il de glace ?
Tout est en feu ;
Divine flamme,
Brûlez, brûlez mon âme,
Tout est en feu.

Pardon, mon Dieu,
De nos fautes commises,
De tant d'excès dans vos églises,
Pardon, mon Dieu ;
De tant d'offenses,
De tant d'irrévérences,
Pardon, mon Dieu.

35. Même sujet.

Je vois s'ouvrir l'auguste tabernacle ;
Sur cet autel paraît le Roi des cieux.
Heureux mortels ! ce temple est un
cénacle,
L'Esprit d'amour le remplit de ses feux.

Divin Jésus, mon âme s'abandonne
Aux saints transports qu'inspire ton
amour,
O mon Sauveur ! tu m'offres ta couronne,
Et tu ne veux que mon cœur en retour.

Je suis à toi : mais quelle est ma fai-
blesse !
Répands sur moi ta bénédiction ;
Soutiens mon cœur ; daigne, par ta ten-
dresse,
Éterniser cette heureuse union.

36. Même sujet.

Pour un temps de pénitence.

Mon doux Jésus, enfin voici le temps
De pardonner à nos cœurs pénitents :
Nous n'offenserons jamais plus
Votre bonté suprême,
O doux Jésus !

Puisqu'un pécheur vous a coûté si cher,
Faites-lui grâce, il ne veut plus pécher.
Ah ! ne perdez pas cette fois,
La conquête admirable
De votre Croix.

Enfin, mon Dieu, nous sommes à genoux,
Pour vous prier de pardonner à tous :
Pardonnez-nous ô Dieu clément !
Lavez-nous de nos crimes
Dans votre Sang.

CINQUIÈME PARTIE.

37. Renouvellement des vœux du Baptême.

UNE VOIX.

Quant l'eau sainte du baptême
Coula sur vos fronts naissants,
Et qu'un Dieu, la bonté même,
Vous adopta pour enfants,
Muets encore,
D'autres promirent pour vous:

Aujourd'hui, confessez tous
La foi dont un chrétien s'honore.

TOUS LES ENFANTS.

Foi de nos pères,
Notre règle et notre amour,
Nous embrassons dans ce jour
Et ta morale et tes mystères.

En vain à ma foi soumise
S'oppose un orgueil trompeur :
Sur les traces de l'Eglise
Puis-je marcher dans l'erreur ?
    Trinité sainte,
Je te confesse et te crois,
Et je t'adore trois fois,
Et plein d'amour et plein de crainte.
    Foi de nos pères, etc.

Annoncé par mille oracles,
Et de la terre l'espoir,
L'Homme-Dieu, par ses miracles,
Fait éclater son pouvoir.
    Victime pure,
Il triomphe du trépas ;
Et je n'adorerais pas
En lui l'Auteur de la nature !
    Foi de nos pères, etc.

Que sa morale est divine !
Que sa parole a d'attrait !
Tous les cœurs qu'il illumine,
Il les console en secret.
    Et l'on blasphème

Ce Dieu fait homme pour nous!
Ingrats! tombez à genoux!...
Voyez s'il mérite qu'on l'aime.
  Foi de nos pères, etc.

  Par un funeste héritage,
Nos parents, avec le jour,
Nous transmirent en partage
La haine d'un Dieu d'amour.
  J'implore et crie!
Dieu s'offense de mes pleurs.
Mais Jésus a dit : Je meurs;
Et sa mort me rend à la vie.
  Foi de nos pères, etc.

  Ciel! quelle robe éclatante!
Que bain pur et bienfaisant!
Quelle parole puissante
D'un Dieu m'a rendu l'enfant?
  Je te baptise...
Le ciel s'ouvre, plus d'enfer,
Et des anges le concert
M'introduit au sein de l'Eglise.
  Foi de nos pères, etc.

  De quel œil de complaisance
Vous me vîtes, ô mon Dieu!
Quand, revêtu d'innonce,
On m'emporta du saint lieu!
  Pensée amère!
O beau jour trop tôt passé;
Hélas! je me suis lassé,
Mon Dieu, de vous avoir pour père.
  Foi de nos pères, etc.

J'ai blessé votre tendresse,
Violé vos saintes lois :
Vous me rappeliez sans cesse,
Je repoussais votre voix.
Du moins les larmes
Obtiendront-elles pardon ?
Seigneur, de votre maison
Je puis encor goûter les charmes.
Foi de nos pères, etc.

Loin de moi, monde profane !
Fuis, ô plaisir séduisant !
L'Evangile vous condamne, .
Vous blessez en caressant.
Sous votre empire,
Mon Dieu, sont les vrais trésors ;
Vos douceurs sont sans remords,
C'est pour elles que je soupire.
Foi de nos pères, etc.

Loin de ces tentes coupables,
Où s'agite le pécheur,
Sous vos pavillons aimables,
J'irai jouir du bonheur :
Avant l'aurore,
Mon cœur vous appellera,
Et quand le jour finira,
Mes chants vous béniront encore,
Foi de nos pères, etc.

38. Même sujet.

Je viens, mon Dieu, ratifier moi-même.
Ce que pour moi l'on promit autrefois ;

Les vœux sacrés pour moi faits au baptême,
Je veux les faire aujourd'hui de mon
choix.

Je te renonce, ô prince tyrannique,
Roi des enfers, cruel usurpateur;
Je te déteste, et mon désir unique
Est d'obéir à la Loi du Seigneur.

Je te renonce, ô péché détestable,
Poison mortel, malgré tous tes attraits;
Oui, pour te rendre à mon cœur haïssable,
Il me suffit qu'à mon Dieu tu déplais.
Je te renonce au prince, etc.

Plutôt mourir, monde impur, que de
vivre.
Selon tes lois et tes perverses mœurs;
Ce que toujours mon âme prétend suivre,
C'est l'Évangile et ses saintes rigueurs.
Je te renonce, ô prince, etc.

De tout mon cœur, mon Dieu je renou-
velle.
Ces vœux sacrés: je les fais pour tou-
jours;
Et je prétends être toujours fidèle
A les garder, avec votre secours.
Je te renonce, ô prince, etc.

Vous m'avez mis au rang inestimable
De vos enfants, ô Père tout-puissant;
Je veux pour vous, ô Père tout aimable,

Avoir la crainte et l'amour d'un enfant.
   Je te renonce, ô prince, etc.

Divin Jésus, je promets de vous suivre;
D'être à vous seul je me fais une loi:
N'on, ce n'est plus pour moi que je veux
     vivre;
Comme mon chef, vous seul vivrez en
     moi.
   Je te renonce, ô prince, etc.

Esprit divin, remplissez-moi sans cesse;
Animez-moi, Dieu sanctificateur;
Et qu'à jamais fidèle à ma promesse,
Je vous conserve au milieu de mon cœur.
   Je te renonce, ô prince, etc.

39. Les sept dons du Saint-Esprit.

La sagesse.

Du bonheur on parle sans cesse;
Mais où se trouvent les heureux?
Les hommes prêchent la sagesse,
Mais la sagesse, fuit loin d'eux.
Sûr du bonheur quand on est sage,
Je veux aussi le devenir:
Avoir la sagesse en partage,
C'est aimer Dieu, c'est le servir.

La science.

Connaître Dieu, se bien connaître,
Voilà tout ce qu'il faut savoir;
De ses penchants on devient maître,

On est esclave du devoir.
Ayons tous cette connaissance,
Elle est pour nous le plus grand bien.
Quand on n'a pas cette science.
En sachant tout, on ne sait rien.

L'Intelligence.

Don précieux d'intelligence,
Accompagnez toujours ma foi ;
Je n'ai besoin d'autre science
Que de bien comprendre la loi.
Cette loi si pure et si sainte,
Mille fois heureux qui la suit !
O loi ! que, dans mon cœur empreinte,
Je te médite jour et nuit !

Le conseil.

Esprit sâint, j'ignore la route
Qu'il faut suivre pour me sauver :
Souvent je balance et je doute ;
Je marche et ne puis arriver.
Sans cesse l'ennemi m'assiége ;
La crainte agite mon sommeil,
De tous côtés ce n'est que piége ;
Esprit saint, soyez mon conseil.

La pitié.

O piété ! quels sont tes charmes !
Tu remplis seule nos désirs ;
Par toi nous sont douces les larmes,
Et nos devoirs font nos plaisirs.
C'est par ton pouvoir ineffable
Que la vertu nous sait charmer ;

Puisque tu nous rends tout aimable,
Comment peut-on ne pas l'aimer ?

La force.

Divin Esprit, Esprit de force;
Je ne veux d'autre appui que toi :
Qu'il règne un éternel divorce
Entre tes ennemis et moi.
Des monstres cherchent à m'abattre,
Je veux par toi les étouffer :
Le monde vient pour me combattre,
Par toi je veux en triompher.

La crainte.

Seigneur, votre volonté sainte
Est souvent pour nous sans appas ;
Juste, vous inspirez la crainte,
Et souvent on ne vous craint pas.
On craint le monde, on est à plaindre :
Que peut-il pour ou contre nous ?
Grand Dieu , que j'apprenne à vous
    craindre
A ne craindre même que vous.

SIXIÈME PARTIE.

40. A l'honneur de la Sainte-Vierge et de l'Ange Gardien.

A l'Ave Maria du Sermon.

Je vous salue, ô Mère de mon Dieu,
Vierge bénie entre toutes les femmes,
Que béni soit en tout temps en tout lieu,
Votre cher Fils, le Sauveur de nos âmes !

Protégez-nous parmi tous nos malheurs,
Reine du Ciel, ô très-sainte Marie !
Dès maintenant, priez pour les pécheurs ;
Mais plus encore à la fin de leur vie.

ᵒᴄ()ᴅᵒ

41. Invocation.

Je vous salue, auguste et sainte Reine !
Dont la beauté ravi les immortels !
Mère de grâce, aimable Souveraine,
Je me prosterne au pied de vos autels.

Refr.   O divine Marie,
      Mère tendre et chérie !
Nous vous offrons et nos vœux et nos
      cœurs ;
Protégez-nous, comblez-nous de faveurs.

Je vous salue, ô divine Marie !
Vous méritez l'hommage de nos cœurs.
Après Jésus vous êtes et la vie,
Et le refuge et l'espoir des pécheurs.

Fils malheureux d'une coupable mère,
Bannis du ciel, les yeux baignés de pleurs,
Nous vous faisons, de ce lieu de misère,
Par nos soupirs entendre nos douleurs.

Ecoutez-nous, puissante Protectrice ;
Tournez sur nous vos yeux compatissants,
Et montrez-nous qu'à nos malheurs pro-
      pice ;
Du haut des cieux vous aimez vos enfants.

O douce, ô tendre, ô pieuse Marie !
Vous dont Jésus, mon Dieu, reçut le jour,
Faites qu'après l'exil de cette vie
Nous le voyions dans l'éternel séjour !

42. Bonheur de servir Marie.

Vous qu'en ces lieux combla de ses
bienfaits.
Une mère auguste et chérie,
Enfants de Dieu, que vos chants à jamais
Exaltent le nom de Marie,
Je vois monter tous les vœux des mortels
Vers le trône de sa clémence ;
Tout à sa gloire élève des autels,
Des mains de la reconnaissance.

Chœur.

Nous qu'en ces lieux combla de ses
bienfaits
Une mère auguste et chérie,
Enfants de Dieu, que nos chants à jamais
Exaltent le nom de Marie

Ici, sa voix, puissante sur nos cœurs,
A la vertu nous encourage :
Sur le saint joug elle répand des fleurs ;
Notre innocence est son ouvrage.
Si le lion rugit autour de nous,
Elle étend son bras tutélaire :
L'enfer frémit d'un impuissant courroux,
Et le ciel sourit à la terre.
Chœur. Nous qu'en ces lieux, etc.

Quand le chagrin, de ses traits acérés,
  Blesse nos cœurs et les déchire,
Sensible Mère, elle est à nos côtés;
  Avec nos cœurs le sien soupire.
Combien de fois sa prévoyante main
  De l'ennemi rompit la trame!
Nous l'invoquions, et nous sentions soudain
  La paix renaître dans notre âme.
Chœur. Nous qu'en ces lieux, etc.

Battu des flots, vain jouet du trépas,
  La foudre grondant sur sa tête,
Le nautonier se jette dans ses bras,
  L'invoque et voit fuir la tempête.
Tel le chrétien, sur ce monde orageux,
  Vogue toujours près du naufrage;
Mais à Marie adresse-t-il ses vœux,
  Il aborde en paix au rivage.
Chœur. Nous qu'en ces lieux, etc.

Heureux celui qui, dès ses premiers ans,
  Se fit un bonheur de lui plaire!
Heureux celui qui, parmi ses enfants,
  Lui donna le doux nom de Mère.
Oui, sa bonté se plait à secourir
  Un cœur confiant qui la prie.
Siècles, parlez!... Vît-on jamais périr
  Un vrai serviteur de Marie?
Chœur. Nous qu'en ces lieux, etc.

Vos fronts, pécheurs, pâlissent abattus
  A l'aspect du souverain juge;
Ah! si Marie est reine des vertus,

Des pécheurs, elle est le refuge.
Déposez donc en son sein maternel
Votre repentir et vos larmes;
Elle priera.... des mains de l'Eternel
Bientôt s'échapperont les armes.
Chœur. Nous qu'en ces lieux, etc.

Si vous avez dans toute sa fraîcheur
Conservé la tendre innocence,
Ah ! votre Mère en a sauvé la fleur;
Elle vous garda dès l'enfance.
A son autel, venez, enfants chéris,
Savourer de saintes délices;
Consacrez-lui vos cœurs et vos esprits,
Elle en mérite les prémices.
Chœur. Nous qu'en ces lieux, etc.

O temple auguste, ô asile béni !
Faut-il donc quitter ton enceinte?
Faut-il aller de ce monde ennemi
Braver la meurtrière atteinte?
Tendre Marie, ah ! nous allons périr;
Le scandale inonde la terre !
Veillez sur nous, daignez nous secourir;
Montrez-vous toujours notre mère.
Chœur. Nous qu'en ces lieux etc.

43. A l'Ange Gardien.

O vous, qui nuit et jour,
Céleste intelligence,
Dans ce mortel séjour
Veillez à ma défense,

Qui portez mes soupirs, mes vœux,
Aux pieds du monarque des cieux,
Ange de paix, par quel retour
  Paierai-je tant d'amour?

    L'enfer veut me ravir
  A vos mains paternelles;
  Mais je ne puis périr
  A l'ombre de vos ailes.
Satan s'est armé contre moi :
Mais peut-il m'inspirer l'effroi?
Soyez mon guide, mon soutien,
  Et je ne crains plus rien.

    Mais, ô combien de fois,
  Mon cœur léger, volage,
  Fut sourd à votre voix,
  A votre doux langage!
Je repoussais un tendre ami
Pour suivre un cruel ennemi;
Ah! désormais vous obéir
  Fera tout mon plaisir.

    Expirer dans les bras
  De Jésus, de Marie,
  O bienheureux trépas
  Qui nous donne la vie!
Dans ce moment, saint protecteur,
Vous pouvez tout pour mon bonheur;
Suggérez-moi les noms chéris
  De la Mère et du Fils.

SIXIÉME PARTIE.

44. Actions de grâce.

Bénissons à jamais
Le Seigneur dans ses bienfaits. *(bis.)*

Bénissez-le, saints Anges,
Louez sa majesté;
Rendez à sa bonté
Mille et mille louanges.
   Bénissons, etc.

Fût-il jamais un père,
Qui de ses chers enfants
Par des soins plus touchants,
Soulageât la misère?
   Bénissons, etc.

Pasteur tendre et fidèle,
Sans craindre le travail,
Il ramène au bercail
Une brebis rebelle.
   Bénissons, etc.

Par lui cesse la peine
Qui désolait mon cœur;
Et, du monde vainqueur,
Je vois briser ma chaîne.
   Bénissons, etc.

Il console mon âme,
La nourrit de son pain ;
A ce banquet divin
Il veut qu'elle s'enflamme.
    Bénissons, etc.

Sa bonté me supporte,
Sa lumière m'instruit,
Sa beauté me ravit,
Son amour me transporte.
    Bénissons, etc.

Oui, sa douceur m'entraîne,
Sa grâce me guérit,
Sa force m'affermit,
Sa charité m'enchaîne.
    Bénissons, etc.

Dieu seul est ma richesse,
Dieu seul est mon soutien,
Dieu seul est tout mon bien
Je redirai sans cesse :
    Bénissons, etc.

PRIÈRES POUR LE JUBILÉ,

LITANIES DU SAINT NOM DE JÉSUS.

Kyrie, eleison.
Christe, eleison.
Kyrie, eleison.
Jesu, audi nos.
Jesu, exaudi nos.
Pater de cœlis, Deus, miserere nobis.
Fili, Redemptor mundi, Deus, miserere nobis.
Spiritus Sancte, Deus, miserere nobis.
Sancta Trinitas, unus Deus, miserere nobis.
Jesu, Fili Dei vivi, miserere nobis.
Jesu, splendor Patris, miserere nobis.
Jesu, candor lucis æternæ, miserere nobis.
Jesu, Rex gloriæ, miserere nobis.
Jesu, sol justitiæ? miserere nobis.
Jesu, Fili Mariæ Virginis, miserere nobis.
Jesu, Deus fortis, miserere nobis.
Jesu, pater futuri sæculi, miserere nobis.
Jesu, magni consilii Angele, miserere nobis.

Jesu, potentissime, miserere nobis.
Jesu, obedientissime, miserere nobis.
Jesu, patientissime,   mis.
Jesu, mitis et humilis corde,   mis.
Jesu, amator castitatis,   miser.
Jesu, amator noster,   miser.
Jesu, Deus pacis,   miser.
Jesu, auctor vitæ,   miser.
Jesu, exemplar virtutum,   miser.
Jesu, zelator animarum,   miser.
Jesu, Deus noster,   miser.
Jesu, refugium nostrum,   miser.
Jesu, pater pauperum,   miser.
Jesu, thesaurus fidelium,   miser.
Jesu, bone pastor,   miser.
Jesu, lux vera,   miser.
Jesu, sapientia æterna,   miser.
Jesu, bonitas infinita,   miser.
Jesu, via et via nostra,   miser.
Jesu, gaudium Angelorum,   miser.
Jesu, magister Apostolorum,   miser.
Jesu, Doctor Evangelistarum,   miser.
Jesu, fortitudo Martyrum,   miser.
Jesu, lumen Confessorum,   miser.
Jesu, puritas Virginum,   miser.
Jesu, corona Sanctorum omnium,   mis.
Propitius esto, parce nobis, Jesu.
Propiritus esto, exaudi-nos, Jesu.
Ab omni peccato, libera nos, Jesu.
Ab irâ tuâ, libera nos, Jesu.
Ab insidiis diaboli, libera nos, Jesu.
A spiritu fornicationis, libera nos, Jesu.
A morte perpetua,   libera.
A neglectu inspirationum tuarum,   lib.

Per mysterium sanctæ Incarnationis tuæ,
   libera.

Per nativitatem tuam ,	libera.
Per infantiam tuam ,	libera.
Per divinissimam vitam tuam,	libera.
Per labores tuos ,	libera.
Per agoniam et passionem tuam ,	lib.
Per Crucem et derelictionem tuam,	lib.
Per languores tuos ,	libera.
Per mortem et sepulturam tuam,	lib.
Per resurrectionem tuam,	libera.
Per Ascensionem tuam ,	libera.
Per gaudia tua ,	libera.
Per gloriam tuam ,	libera.

Agnus Dei , qui tollis peccata mundi ,
   parce nobis , Jesu.
Agnus Dei , qui tollis peccata mundi ,
   exaudi nos, Jesu.
Agnus Dei , qui tollis peccata mundi ,
   miserere nobis, Jesu.
Jesu, audi nos.
Jesu , exaudi nos.

OREMUS.

Domine Jesu , cujus nomen nemo dicere potest, nisi in Spiritu Sancto ; concode , quæsumus, ut in eodem spiritu sacratissimum nomen tuum invocantes, salvos facias nos à peccatis.

Domine Jesu Christe , qui dixisti : petite et accipietis, quærite et invenietis , pulsate et aperietur vobis : quæsumus , da nobis petentibus divinissimi tui amo-

ris affectum , ut te, toto corde , ore , et
opere diligamus , et à tuâ nunquam laude
cessemus : qui vivis et regnas , Deus, in
sæcula sæculorum. Amen.

⚜

HYMNE AU SAINT-ESPRIT.

Veni, Creator Spiritus ,
Mentes tuorum visita ,
Imple supernâ gratiâ ,
Quæ tu creasti pectora.

Qui Paracletus diceris ,
Donum Dei altissimi ,
Fons vivus, ignis, charitas ,
Et spiritalis unctio.

Tu septiformis munere ,
Dextræ Dei tu digitus ,
Tu ritè promissum Patris ,
Sermone ditans guttura.

Accende lumen sensibus ,
Infunde amorem cordibus ,
Infirma nostri corporis
Virtute firmans perperti.

Hostem repellas longiùs ,
Pacemque dones protinùs ,
Ductore sic te prævio ,
Vitemus omne noxium.

Per te sciamus da Patrem,
Noscamus atque Filium,
Te ustriusque Spiritum
Credamus omni tempore.

Gloria Patri Domino,
Natoque, qui à mortuis
Surrexit, ac Paracleto,
In seculorum secula.

ou

Sit laus Patri, laus Filio,
Par sit tibi laus, Spiritus,
Afflante quo mentes sacris
Lucent et ardent ignibus. Amen.

℣. Emitte Spiritum tuum et creabuntur.
℟. Et renovabis faciem terræ.

ANTIENNE A LA SAINTE-VIERGE.

Salve, Regina, Mater misericordiæ, vita, dulcedo, et spes nostra, salve. Ad te, clamamus, exules filii Evæ. Ad te suspiramus, gementes et flentes in hâc lacrymarum valle. Eia ergo, Advocata nostra, illos tuos misericordes oculos ad nos converte. Et Jesum benedictum, fructuum, ventris tui nobis, post hoc exilium ostende. O clemens! O pia! O dulcis Virgo Maria!

℣. Ora pro nobis, sancta Dei Genitrix.
℟. Ut digni efficiamur promissionibus Christi.

OREMUS.

Omnipotens sempiterne Deus, qui gloriosæ Virginis Matris Mariæ corpus et animam, ut dignum Filli tui habitaculum effici mereretur, Spiritu Sancto cooperante præparàsti : da, ut cujus commemoratione lætamur, ejus piâ intercessione ab instantibus malis, et à morte perpetuâ liberemur. Per eumdem Christum, etc.

HYMNE.

Ave maris stella,
Dei Mater alma
Atque semper Virgo
Felix Cœli porta.

Sumens illud ave,
Gabrielis ore,
Funda nos in pace,
Mutans Evæ nomen.

Solve vincla reis,
Profer lumen cæcis,
Mala nostra pelle,
Bona cuncta posce.

Monstra te esse Matrem,
Sumat per te preces :
Qui pro nobis natus,
Tulit esse tuus.

Virgo singularis,
Inter omnes mitis,

Nos culpis solutos,
Mites fac et castos.

Vitam præsta puram,
Iter para tutum ;
Ut videntes Jesum,
Semper collætemur.

Sit laus Deo Patri.
Summo Christo decus,
Spiritui Sancto,
Tribus honor unus. Amen.

℣. Diffusa est gratia in labiis tuis.
℟. Proptereà benedixit te Deus in æter-
um.

IYMNE POUR LE TEMPS DE CARÊME.

Vexilla regis prodeunt,
Fulget crucis mysterium,
Quo carne carnis conditor,
Suspensus est patibulo.

Quo vulneratus insuper,
Mucrone diro lanceæ,
Ut nos lavaret crimine,
Manavit unda et sanguine.

Impleta sunt quæ concinit
David fideli carmine,
Dicens in nationibus,
Regnavit à ligno Deus.

Arbor decora et fulgida,
Ornata regis purpura,
Electa digno stipite,
Tam sancta membra tangere.

Beata cujus brachiis,
Sæcli pependi pretium,
Statera facta corporis,
Prædamque tulit tartari.

O Crux ave! spes unica,
Hoc passionis tempore,
Auge piis justitiam,
Reisque dona veniam.

Te summa Deus Trinitas,
Collaudet omnis spiritus,
Quos per crucis mysterinm,
Salvas, rege per sæcula. Amen.

COMPLAINTE

DE LA SAINTE VIERGE MARIE.

Stabat Mater dolorosa
Juxta crucem lacrymosa,
Dum pendebat Filius.

Cujus animam gementem,
Contristantem et dolentem,
Pertransivit gladius.

O quam tristis et afflicta,
Fuit illa benedicta,
Mater unigeniti!

Quæ mœrebat et dolebat,
Et tremebat cùm videbat
Nati pœnas inclyti.

Quis est homo qui non fleret,
Christi matrem si videret
In tanto supplicio?

Quis posset non contristari,
Piam matrem contemplari
Dolentem cum filio?

Pro peccatis suæ gentis,
Vidit Jesum in tormentis,
Et flagellis subditum.

Vidit suum dulcem natum,
Morientem, desolatum,
Dum emisit spiritum.

Eia, mater, fons amoris,
Me sentire vim doloris,
Fac ut tecum lugeam.

Fac ut ardeat cor meum
In amando Christum Deum,
Ut sibi complaceam.

Sancta mater, istud agas,
Crucifixi fige plagas,
Cordi meo valide.

Tui nati vulnerati,
Jam dignati pro me pati;
Pœnas mecum divide.

Fac me verè tecum flere,
Crucifixo condolere,
Donec ego vixero.

Juxta crucem tecum stare,
Te libenter sociare,
In planctu desidero.

Virgo Virginum præclara,
Mihi jam non sis amara,
Fac me tecum plangere.

Fac ut portem Christi mortem,
Passionis ejus sortem
Et plagas recolere.

Fac me plagis vulnerari,
Cruce hâc inebriari,
Ob amorem Filii.

Inflammatus et accensus.
Per te, Virgo, sim defensus,
In die judicii.

Fac me cruce custodiri,
Morte Christi præmuniri,
Confoveri gratiâ.

Quando corpus morietur,
Fac tu animæ donetur
Paradisi gloria. Amen.

℣. Tuam ipsius animam doloris gladius
pertransivit.

℟. Ut revelentur ex multis cordibus
cogitationes.

ORÉMUS,

Interveniat pro nobis, quæsumus, Domine Jesu-Christe, nunc et in horâ mortis nostræ apud tuam clementiam, Beata Virgo Maria Mater tua, cujus sacratissimam animam in horâ tuæ passionis, doloris gladius pertransivit. Per te Jesu-Christe Salvator mundi, qui cum Patre et Spiritu Sancto vivis et regnas, Deus, per omnia sæcula sæculorum. ℟. Amen.

POUR LA RÉMISSION DES PÉCHÉS.

Ant. Parce, Domine, parce populo tuo, ne in æternum irascaris nobis.

OREMUS.

Deus, cui proprium est misereri semper et parcere, suscipe deprecationem nostram, ut nos et omnes famulos tuos, quos delictorum catena constringit, miseratio tuæ pietatis clementer absolvat. Per Christum Dominum nostrum. Amen.

FIN.

Digne, Imprimerie de REPOS.

143

www.ingramcontent.com/pod-product-compliance
Lightning Source LLC
Chambersburg PA
CBHW060434260626
47161CB00005B/1922